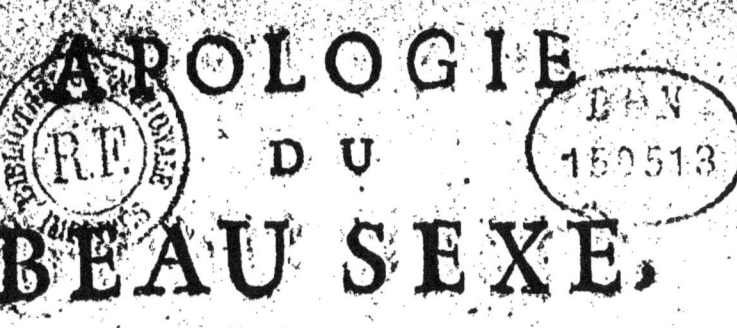

APOLOGIE
DU
BEAU SEXE,
FABLE
AVEC DES REFLEXIONS
curieuses & divertissantes.

Par M * * * *.

Pour le mois de Juin 1729.

Á ROUEN,

Chez ABRAHAM VIRET, Imprimeur-Libraire, ruë Senécaux, près S. Martin sur Renelle.

AVEC PERMISSION.

LETTRE

D'UN

PROVINCIAL

A UNE DAME
de ſes amies.

VOUS me faites l'honneur de me demander, MADAME, ſi beaucoup d'Ecrivains ont travaillé à la défenſe de votre Sexe. Voici un Catalogue de ceux qui ſont venus à ma connoiſſance.

Le Champion des Dames : c'eſt un Ouvrage de la compoſition de Martin Franc , Prevôt

& Chanoine de Lauzanne, Secretaire des Papes Felix V. & Nicolas V. un des meilleurs Poëtes du quinzième Siécle. Il écrivit ce Poëme contre le Roman de la Rose, dans lequel Jean de Meun avoit cruellement traité le beau Sexe.

La Femme genereuse, qui montre que son Sexe est plus noble, meilleur politique, plus vaillant, plus savant, plus vertueux & plus économe que celui des hommes, par L. J. D. L. L. imprimé à Paris en 1643.

La nobilita è l'excellensa delle Donne, con deffetti, è mancamenti de gli huomini; c'est un in quarto de Lucrece Marinelli, Venitienne très-spirituelle, imprimé à Venise l'an 1601.

Les Dames illustres, où par bonnes & fortes raisons, il se prouve que le Sexe feminin surpasse en toutes sortes de genres le Sexe masculin, par Damoiselle Jacquette Guillaume , *imprimé à Paris en 1665.*

L'égalité des hommes & des femmes , *par Mademoiselle de Gournay.*

De l'égalité des deux Sexes ; *Discours physique & moral , où l'on voit l'importance de se défaire des préjugés. Cet Ouvrage est d'un nommé* Poulain , *Ecclésiastique Lorrain , imprimé à Paris en 1673. on menaça l'Auteur d'une Critique. Elle ne parut point. Peu de tems après , sous prétexte de la faire lui-même ; il confirma son premier sentiment. Les deux Ouvrages furent imprimés ensemble à Paris en 1679.*

La Donna migliore dell' Huomo. Paradosso. *Cet Ouvrage est de* Jacques de Pozzo , *imprimé à Upsale en 1650.*

Jérôme Ruscelli , *dans un Livre Italien qu'il publia en 1552. donne aux femmes la superiorité de perfection.*

A 3

Le Maggio , è Bernardo Spi-
na , *ont écrit pour la même cause.*

Plutarque , Jean Bocace , Il
Cortegiano , Agrippa , Il Por-
tio , Il Lando , Il Domenichi ,
*ont fait le Parallele des deux
Sexes , sans donner de préfe-
rence.*

Henri Frawenlob *Allemand ,
fit dans ses Livres de grands
éloges du Sexe feminin. Cet Auteur étant mort à Mayence l'an
1317. les femmes de cette Ville ,
par reconnoissance , le porterent
depuis son logis jusqu'à la grande
Eglise. Elles firent retentir les
ruës de plaintes & de cris fu-
nebres. Elles répandirent une si
grande quantité de vin sur son
tombeau , que l'Eglise en fût inon-
dée , dit* Albertus Argentinen-
sis, *l'un des Auteurs de l'Histoire
d'Allemagne.*

*Joignez à ces Ecrivains ceux
dont il est parlé dans le corps de
l'Apologie suivante.*

Malgré tant de celebres défen-
seurs du beau Sexe, un homme,
qui d'ailleurs paroît judicieux,
& qui de tems en tems veut bien
nous faire part de ses ingenieu-
ses saillies dans nos petites As-
semblées Litteraires, osa dernie-
rement y proferer ce Paradoxe :
La discretion est une vertu su-
perieure à la portée des femmes.
Cette espece de blasphême excita
d'abord l'indignation de tout le
Cercle contre celui qui l'avoit
proferé. On lui cita l'exemple de
cette femme d'Athenes, qui pour
ne pas déclarer le secret de ses
amis, après avoir enduré les gê-
nes & les tortures avec une ferme-
té incroyable, sans qu'on pût ja-
mais rien tirer de sa bouche, se
soupa la langue avec les dents,
& la cracha au visage du Tyran
qui vouloit savoir ce qu'elle ne
vouloit pas dire. Ce trait, si pro-
pre à faire revenir notre homme de son erreur, ne fit qu'ex-

Entret.
d'Ariste
& d'Eu-
gene.

A 4

citer davantage sa bile contre les
femmes en general , qu'il traita
fort mal de toutes façons. Notre
Fabuliste dès ce moment-là promit de nous donner un Apologue
qui pût nous fournir des réfle-
xions capables de venger votre
Sexe. Ayez la bonté de les rece-
voir , ainsi que les assurances
sinceres du profond respect avec
lequel j'ai l'honneur d'être,

MADAME,

Votre très-humble & très-
obéissant serviteur ,

****

FABLE TROISIE'ME.

LA CHANTERELLE
& les Coqs de Perdrix.

UN chasseur nourissoit une Perdrix femelle,
    Et la nourissoit avec soin ;
    Se promettant bien que la belle
Lui seroit en son tems très-utile au besoin.

    En effet, vers la pariade,
Sur la fin d'un beau jour, notre chasseur armé,
Va placer dans un champ son oiseau renfermé,
Et derriere un buisson se mettre en embuscade.

A peine a-t-il l'arquebuse à la main,
Que la Perdrix par les trous de sa cage
Passe la tête, & trouvant l'air serain,
    Repete cent fois son ramage.

A ce cri suborneur, les Coqs du voisinage
Acourent à l'envi sur l'aile des amours.
Chacun prétend avoir la donzelle en partage ;
Ils se crévent les yeux, s'arrachent le plumage,
Se rengorgent & font mille tours & retours ;
    Jamais on ne vit tel tapage.

    Dans le moment que ces mutins
    Sont plus ardens à leur défaite,

Le chaffeur lâche l'efcopette ;
D'un plomb mortel deux font atteints ;
Les autres battent la retraite.
C'eft toi , difent les deux mourans ,
A la femelle prifonniere ;
C'eft toi , perfide meurtriere ,
Qui nous donne la mort à la fleur de nos ans,

Par ton caquet plein d'artifice
Nous nous fommes laiffez tromper ;
Tu ne nous apellois que pour nous mieux
duper ,
Et nous conduire au précipice.

La femelle répond , vous m'accufez à tort ,
De ces indignes ftratagêmes ;
Je n'ai point eu deffein de caufer votre mort ;
De vos malheurs prenez-vous à vous-mêmes.

Pour charmer ma captivité ,
Je chantois , il eft vrai , ma chanfon maternelle,
Mais fans projet cruel & fans malignité.
Votre feule lubricité
Vous plonge en ce moment dans la nuit éter-
nelle.

✳✳✳✳✳✳✳✳✳✳✳✳✳✳✳✳✳✳

REFLEXIONS.

IL n'est point de sujet sur lequel les hommes exercent tant la malignité de leur critique que sur le sexe féminin en general ; c'est pour eux un fond iné-puisable de bons mots, de brocards pi-quants, de contes facetieux. Mais par une bizarerie toute des plus singulieres, ce même sujet qui fournit tant de pen-sées caustiques à l'esprit des hommes, donne souvent de furieuses entraves à leur cœur ; & il n'est que trop ordinaire de voir ces railleurs peu d'accord avec eux-mêmes, ramper honteusement de-vant les objets de leurs railleries.

C'est ce contraste ridicule, qui fait qu'un ingenieux Ecrivain conclut, que la plupart des médisances qu'on debite contre les femmes, sont les murmures d'un esclave qui sent le poids de ses chaî-nes, ou qui, mis en liberté, voit encore sur son corps les marques de son ancien-ne servitude.

Cela est si vrai, que ceux qui censu-rent le plus impitoyablement le sexe fé-minin, sont ordinairement ceux qui l'i-dolâtrent ou qui l'ont le plus idolâtré,

Bayle

Si les femmes ont encore d'autres ennemis ; ce sont ou des misantropes connus
pour tels, ou des hommes si disgraciez
de la nature, que desesperant de leur
plaire, ils s'amusent à les déchirer, souvent au préjudice du sens commun.

Peut-on s'empêcher de rire, par
exemple, en voyant un Auteur Italien
soutenir sérieusement dans un Livre imprimé, *que les femmes n'ont point d'a-*
mes, & prétendre le prouver par des
passages de l'Ecriture ajustez à sa fantai-
sie ? Vous croyez bien qu'en cette occasion le beau sexe d'Italie ne se tint pas
les bras croisez : la botte étoit trop cruelle. On renvoya Monsieur l'Auteur au
second Chapitre de la Genese, où le
Créateur dit en termes formels : *Il n'est*
pas bon que l'homme reste seul ; faisons
lui un aide qui lui ressemble. Si cet aide, disoient les Dames Romaines, est
semblable à l'homme, comme le texte
sacré l'assure positivement, il faut conclure de deux choses l'une, ou que l'aide
a une ame, ou que l'homme lui-même
n'en a point.

Elles citerent encore le Chapitre 17,
de l'Ecclesiastique, ou l'Historien Sacré déclare nettement que Dieu donna
à Adam & à sa compagne, une langue,
des yeux, des oreilles, & par dessus tout

Tiré des
Mélanges
d'Hist. &
de Litt. par
Vigneul
Marville.

cela une ame pour penser & se conduire.
La cause de l'Auteur Italien étoit trop
absurde pour pouvoir se soutenir ; il eut
la honte de voir flétrir son Livre par une
censure autentique.

Il est vrai que l'Auteur du Commen-
taire sur les Epîtres de Saint Paul, faus-
sement attribué à Saint Ambroise , dit
expressément sur le Chapitre 11. de la
premiere aux Corinthiens, *que les fem-*
mes ne sont pas faites à l'image de
Dieu ; mais le fameux Gisbert Voëtius
a prouvé démonstrativement le contraire. Eh, le seul texte du premier Chapitre de la Genese peut-il laisser quelque
doute sur cet article ? Dieu , dit Moïse,
créa l'homme à son image & ressemblance ; il les créa mâle & femelle :
n'est-il pas visible que la ressemblance
tombe sur l'un & sur l'autre ?

Il est encore vrai qu'Acidalius autrefois voulant récompenser son Librai-
re des pertes qu'il avoit faites sur ses
ouvrages précédens, lui donna à imprimer un certain Manuscrit qu'on crut
venir de Pologne, dans lequel l'Auteur
prétendoit prouver *que les femmes ne*
sont pas de l'espece humaine. Mais
outre que cette dissertation fit un fra-
cas étonnant à Leïpsic, que le Librai-
re se crût perdu ; & qu'Acidalius fût

Tom. 3.
politic.
Eccl. part.
2. l. 1.

Acidalius

Ep. Apologet. ad salcem. Ep contraint d'engager son ami Monavius à interceder pour l'Imprimeur & pour lui-même ; chacun sçait que ce Livre fut mis en poudre par les sçavantes raisons de Gediccus, Docteur en Théologie, & Ministre de Magdebourg.

Je n'ignore pas que Cujas a soutenu la même these qu'Acidalius. Mais il est De origin. Idolol. l. 3. ch. 48. visible, selon Vossius, qu'il ne l'a fait qu'en badinant & pour exercer son esprit. Ajoûtez à ce témoignage une décision peremptoire, c'est qu'un Concile de Mâcon, après une discussion exacte & une meure délibération (*post multas vexata hujus quæstionis disceptationes*) a décidé & statué solemnellement Polygam. triumph. p. 123. que les femmes sont de la même espece que les hommes : *Quod mulieres sint homines.*

Lat. 43. à Guy-Patin écrite de Leyden, vers l'an 1650. Enfin, je sçai que Sorbiere assure que cette question , *si les femmes sont de l'espece humaine* , a été de son tems bien débattuë en Hollande dans des écrits pour & contre ; mais que Monsieur de Béverouic termina la dispute par un ouvrage très-galant & très docte , dans lequel il vérifia par mille exemples , que les femmes ne sont inférieures aux hommes en aucune qualité du corps & de l'esprit.

A quoi pensoit donc Aristote ? Et

quelle est l'idée de cette foule de Me-
decins & de Philosophes, qui, *juran-
tes in verba Magistri*, soutiennent
après cet aigle de l'antique école, *que la*
nature ne forme des femmes que lorsque,
à cause de l'imperfection de la matiere,
elle ne peut arriver au sexe parfait ?
Prétendent-ils que la production du fé-
tus féminin ne se fasse que par hasard,
par accident, par force ? Les femmes
sont-elles moins necessaires à la propagation des habitans du monde que les
hommes ? Ne sont-elles pas l'être *sine*
quo l'espece manqueroit ? Leur con-
struction mécanique est-elle moins sin-
guliere, moins recherchée, moins fi-
nie, moins admirable que la nôtre ?
Pourquoi veut-on donc que la nature
ne s'y porte qu'en desespoir de cause,
& que cette mere si sage abandonne au
hasard la formation d'un ouvrage si
necessaire ? Quelle rêverie ! quelle ab-
surdité !

Eh, qui peupleroit l'Univers, si cette même nature prenant ses mesures
plus justes arrivoit toujours au sexe,
qu'il plaît à ces Messieurs d'apeller parfait ? Le genre humain sans doute ti-
reroit bien-tôt à sa fin. Il seroit tout
au plus, pour me servir de l'expression
d'un Historien délicat, *unius ævi.* Il

ne resteroit plus de moyen pour le perpetuer.

Ce fut cette triste réduction qui fit
autrefois fremir Romulus , & qui le
força d'enlever les Sabines pour assurer
la durée de l'Etat dont il venoit de jet-
ter les fondèmens ; le seul sexe parfait
ne suffisant pas pour cela. Une personne de ma connoissance me paroît avoir
décrit assez bien cette action pour me
déterminer à vous en faire part. J'aime
mieux même vous donner le morceau
tout entier , quoiqu'il y ait plusieurs
circonstances qui ne soient pas absolument de mon sujet , que de risquer
à l'affoiblir en le tronquant.

Le Senat ennuyé du fondateur de Rome ,
Qui par ses cruautez se rendoit odieux,
Pour le déifier , le fit cesser d'être homme ,
Et le pressa , dit-on , de prendre place aux
Cieux.

Quel étoit , en effet , ce héros magnanime ,
Ce Romulus si révéré ?
Un meurtrier , un bandis averé.
Un monstre toujours prêt au crime ,
Du sang de son frere alteré ,
Le traître en fit sa premiere victime.

Pour apuyer ses attentats ,
Et peupler sa nouvelle ville ,
Il commença par y faire un asile
Toujours ouvert aux scelerats.

Ce

Ce fut avec de tels soldats,
Accoutumez au brigandage,
Qu'il s'empara des plus prochains Etats,
En y mettant tout au pillage.

Graces à leur rapacité,
Ils se mettoient en assurance
Contre les traits de l'indigence ;
Ils faisoient admirer leur nouvelle Cité.

Mais sans épouses comment faire ?
Ils ne goûtoient que foiblement
Leur continence involontaire.
Cette emplette d'ailleurs étoit visiblement
Un des points les plus necessaires,
Et sans lequel un établissement
A coup sûr ne durcroit gueres,
Comme on le comprend aisément.

Pour en trouver chacun s'empresse.
Les voisines, dit-on, plaignoient fort leurs
besoins.
Mais des gendres de telle espece
N'accommodoient point les voisins.

Le brave Romulus, fourbe au degré suprême ;   *Plut. in*
Pour réussir dans ses desseins,   *Romulo*
S'avisa de ce stratagême.

Il fait annoncer certains jeux,
Qu'il prétend célebrer en l'honneur de Nep-
tune ;
Priant ses voisins curieux
De mettre bas toute rancune
Pour assister au spectacle pieux,
Qu'il veut étaler à leurs yeux.

Cette nouvelle enchante les Sabines,
B

Qui plus belles que leurs voisines ,
Plaisoient davantage aux Romains.
Chacune d'elles bien parée ,
Court à la fête desirée.
Leurs parens bonnement y donnerent les
mains.

Le rusé Romain plein de joie,
Leur offre les places d'honneur ,
S'aplaudissant au fond du cœur
D'avoir sçu s'attirer une si belle proye.

Cet expedient
donna aux
Romains
683 femmes en un
seul jour.

Enfin toute étant entrées ,
Les portes se trouvent fermées...
Ici , je frissonne d'horreur.....
Les Sabines sont enlevées
Par ces soupirans sans pudeur ,
Et ces victimes éplorées
Bien-tôt sont toutes immolées
A leur impatiente ardeur.

L'histoire nous dit cependant
Que ces belles ainsi traitées ,
De cet attentat impudent
Furent assez tôt consolées ;
Et qu'après les pleurs & les cris ,
Trouvant ces Romains bons maris ,
Leurs fautes de bon cœur leur furent pardonnées.

Revenons à notre sujet , & disons
que la production de la femme étant
incontestablement aussi merveilleuse en
elle-même & aussi necessaire à la conservation du gente humain , que la
production de l'homme (n'en déplaise

au héros du Péripatetifme & à toute fa féquelle moutonniere) ce n'eft point par cas fortuit & par neceffité que la nature forme des femmes, mais de propos déliberé, & par ces vuës infiniment fages, qui la guident dans fes opérations.

En effet, pourquoi la nature aujourd'hui mettroit-elle dans la formation des deux fex… …ne difference qui n'y fut pas mife lorfque nos premiers parens reçurent le jour ? Si nous jettons les yeux fur la production de la premiere femme, il nous fera facile de remarquer que ceux d'entre les fçavans qui ont eu les opinions les plus extravagantes fur fon origine, ne fe font point du tout avifez de la regarder comme inférieure à celle du premier homme.

Photius, felon le Pere Garaffe Jefuite, affure que les Egyptiens difoient que la Sapience pondit un œuf dans le Paradis terreftre, & que de cet œuf nos premiers parens fortirent comme une paire de poulets. Quoi de plus égal que ces deux poulets ?

Plufieurs Rabins fe font imaginé que le corps d'Adam fut créé double, mâle d'un côté, femelle de l'autre; que Dieu ayant enfuite divifé ce corps en deux, le mâle fut apellé Adam, la femelle Eve. C'a été le fentiment du fameux

Doctrine curieufe p. 232.

Hadega vie des Patriar ches.

B A

Manassé Ben-Israël au dix-septiéme siè-
cle. Le docte Maïmonides, Eugubin,
&c. l'ont crû de même. Quelle parfaite
ressemblance entre ces deux parties du
même tout !

D'autres Rabins ont prétendu qu'A-
dam d'abord fut créé avec une queuë
comme un veau ; qu'ensuite le Créateur
ayant remarqué que cette queuë dimi-
nuoit la beauté de son ouvrage, il la cou-
pa & s'en servit pour former la femme
qu'il donna au premier homme. Ne
pouvoit-on pas dire que si dans ce sisté-
me, tout ridicule qu'il est, il se trouve
quelque difference dans la formation des
deux premiers habitans raisonnables de
l'Univers, elle est à l'avantage d'Eve,
puisqu'elle est formée, non pas simple-
ment de bouë comme son mari, mais
d'une matiere déja mise en œuvre par
la main du Créateur ; par conséquent
plus limée, plus polie, plus épurée ?

Que si, quittant les rêveries Rabini-
ques, indignés en effet qu'on y fasse la
moindre attention, nous ouvrons les
Saintes Écritures, ces tresors infiniment
respectables, où la verité incréée a renfermé ses oracles ; qu'y trouverons-nous
qui puisse flâter notre vanité, en élevant
la création de l'homme au-dessus de celle
de sa compagne ? même auteur, même

matiere ; même forme substantielle ; tous deux créez à l'Image de Dieu ; tous deux comblez de ses graces & de ses faveurs ; tous deux destinez à la même fin ; tous deux soumis aux mêmes loix ; & malheureusement peu de tems après tous deux déchûs de l'état le plus brillant ; tous deux tombez dans la misere la plus déplorable. Après avoir attentivement examiné ce parallele , je ne puis entendre des hommes , qui passent pour sensez , insulter aux femmes sur leur origine , sans m'écrier aussi-tôt de toutes mes forces : *Ædepol ! Syri , adversus Phœnices !*

Une objection plus spécieuse qu'on fait contre les Dames en general , est de dire que leur sexe très-communément , passe la vie dans une oisiveté & une indolence monstrueuses ; qu'inutiles à la République , elles n'entrent dans aucun des emplois qui peuvent donner de l'éclat & qui demandent de la solidité.

Pendant que des hommes intrépides, sous les étendars de Mars , se font un point d'honneur de forcer des escadrons, de combler des tranchées , de monter à une bréche , malgré mille foudres embrasez ; qu'uniquement poussez par l'aiguillon de la gloire , qui les soutient au milieu des dangers les plus affreux , ils couchent souvent sur la dure ; qu'ils

manquent des choses les plus necessaires à la vie ; qu'ils affrontent les ardeurs
de la canicule & les glaces des hyvers ;
qu'ils se couvrent de sang & de poussie-
re ; qu'ils bravent la terreur, les travaux,
les souffrances , & la mort même.

Pendant que d'autres hommes, dans
l'Eglise , dans les Sciences , dans la Robe , dans le Ministere , dans les Finan-
ces , dans l'Agriculture, se rendent uti-
les au Prince & à ses Sujets ; pendant
ce tems-là , dit-on, les Dames plon-
gées , ensevelies, perduës pour ainsi dire dans des lits bien molets , ne s'occupent que du soin de conserver la frai-
cheur de leur teint ; un bon consommé
attend chaudement leur réveil du lit où
leur paresse les retient neuf ou dix heu-
res ; elles passent gravement à leurs toi-
lettes ; & patientes en cette seule occasion , elles s'y donnent des mouvemens
extraordinaires pour les choses du monde qui le méritent le moins.

Ce sont deux ou trois cheveux dont
l'indocilité les occupe très - sérieusement ; c'est une nuance de vermillon
ou une mouche, qui ne sont point mi-
ses avec assez d'art ; c'est la manche
d'une robe qui grimace ; la blondine
ou le panier ne sont point de la derniere
mode ; comment oser se montrer en
public en cet état ? La journée se passe

en jeux, en amufemens, en fadaifes ;
à s'entretenir de coëffures & de jupons
avec d'autres femmes , à s'entendre
donner par de fades adulateurs des
loüanges fouvent outrées , & dont on
devroit fentir intérieurement la fauffe-
té. En un mot , les femmes, dit-on,
éloignées de toutes charges , de toute
occupation utile & raifonnable , font
réduites à une éternelle faineantife ;
comme fi elles étoient dans une enfan-
ce perpetuelle , l'efprit toujours occupé de joujoux & de babioles; le corps
noyé dans une molle non-chalance ; il
eft vifible que l'unique but de la nature , en leur donnant le jour , a été la
propagation de l'efpece tout au plus.

Je réponds premierement , que fi ;
dans la thefe generale, le fexe féminin ,
communément parlant, languit dans la
moleffe & dans l'oifiveté , il eft auffi
beaucoup d'hommes de cette efpece ;
beaucoup de faineans mufquez, qui ne
font pas moins idolâtres de leur petite
figure , que les femmes dont on vient
de parler ; pas moins longs dans leurs
ajuftemens ; pas moins curieux d'être
vûs & de plaire; pas moins moux , moins
délicats , moins fenfuels ; pas plus occupez dans la République; pas plus uti-
les à la Patrie.

Combien de jeunes freluquets ,
Vantez par leur folle dépenſe ,
Occupez de colifichets ,
Du ſexe décrié imitent l'indolence ?

Combien d'Endimions & d'Adonis coquets ,
N'ont point d'autre talent , n'ont point d'autre
ſcience ,
Que de donner par tout leçon d'incontinence ,
L'Etat a-t-il beſoin de leurs fades caquets ?

Combien d'inutiles ſujets
Dans les Villes , dans la Province !
L'un fait tapage aux cabarets ,
L'autre aſſomme un perdreau , ou jure aux
lanſquenets ;
Eſt-ce ainſi que l'on ſert le Public & ſon
Prince ?

Secondement , quoique les femmes
ne faſſent point la guerre ; qu'elles ne
s'aſſeoient point ſur les Fleurs-de-Lys
pour rendre la juſtice ; qu'elles ne ſoient
point revêtuës des dignitez de l'Egliſe ;
qu'enfin elles ne ſe livrent point à l'A-
griculture ; on ne doit pas conclure
pour cela qu'elles ſoient inutiles à l'E-
tat. Le Magiſtrat ne laboure pas la terre ; l'homme de guerre ne traite pas les
ſaints myſteres ; le Prélat ne monte pas
à l'aſſaut ; le laboureur n'explique pas
les loix ; chaque état a ſes fonctions par-
ticulieres , qui toutes tendent au bien
public. Le ſoin des affaires domeſtiques ,

le

le réglement des familles , le bon ordre
des maisons , l'éducation des enfans ,
tout cela n'est-il donc d'aucune consi-
dération ?

Troisiémement, qui nous a dit que
les femmes ne s'aquiteroient pas bien
des charges publiques , si elles avoient
été nourries & élevées dans ces princi-
pes ? Qu'est-ce qui leur manque pour
y réüssir ? Est-ce l'esprit , l'adresse , la
prudence, le courage ? Descendons dans
quelque détail.

Commençons par les vertus guerrie-
res. Pyrrhus, profitant de l'absence d'A-
reüs , occupé avec la meilleure partie
de ses troupes à secourir les Gortyniens
dans l'Isle de Crete ; Pirrhus, dis-je ,
trouvant une occasion si favorable pour
lui , forme le siege de Lacedemone.
Enyvré de ses conquêtes précedentes ,
il croit deja voir tomber à ses pieds les
murs mal défendus de cette superbe
Ville. Les habitans consternez forment
le dessein de sauver leurs femmes du
carnage , en les faisant passer dans une
Isle voisine. Archidamie offensée de ce
projet, entre au Senat l'épée à la main,
elle se plaint hautement au nom de
toutes les Lacédémoniennes , de ce
qu'on les croit capables de vouloir survivre à la destruction de leur patrie.

C

On les reçoit au rang des combattans.

Calvisius ad ann. mund. 3677.

Elles travaillent aux retranchemens pendant toute la nuit. Dans la suite elles font des prodiges de valeur, si bien que Pyrrhus est forcé de lever honteusement le siege. Dans l'incertitude du succès, Chelidonis leur Reine s'enferme pendant l'assaut dans son Palais, une corde au cou, pour ne pas tomber vivante entre les mains de l'ennemi, s'il vient à emporter la place.

Charles Duc de Bourgogne étant en guerre contre Loüis XI. fait le siege de Beauvais. Dans un assaut general qui se donna le Jeudi 9. de Juillet, les assiegez sont sur le point d'être enfoncez. Une Jeanne Hachette se met à la tête des femmes de la Ville. Par leurs discours & par leurs exemples elles raniment leurs maris chancelans.

Mezerai abreg. chronol. Am. 3.

Elles repoussent les ennemis à coups de pierres ; elles leur font prendre la fuite, en jettant sur eux des feux gregeois & du plomb fondu dans de la résine boüillante, elles conservent leur ville. C'est en memoire de cette journée si glorieuse pour les femmes de Beauvais, qu'on y voit encore dans l'Hôtel-de-Ville l'effigie de cette brave Hachette, tenant une épée à la main. C'est aussi pour cette raison que tous les ais à

Beauvais le dix de Juillet, jour de la levée du fiege, il fe fait une Procef-
fion folemnelle où les femmes marchent les premieres & les hommes enfuite.

Qui a marqué plus de réfolution dans le métier de la guerre que les Ama-
zones, dont l'hiftoire a tranfmis la gloire jufqu'à nous ? Où trouvera-t-on des Capitaines plus vaillans que les *Juftin* *l. 2.* Martefie, les Lampedo, les Pentefilée, les Antiope, les Orithye, les Hypoli-
te, & tant d'autres héroïnes, qui ofe-
rent faire tête au turbulent vainqueur des Perfes ? L'illuftre Zenobie ne pa-
rut-elle pas à l'Empereur Aurelien un ennemi digne d'occuper les Aigles Ro-
maines ? Dira-t-on qu'une Elifabeth d'Angleterre a cedé en prudence & en bravoure aux plus grands Potentats de fon tems ? Et de nos jours la Czarine Marthe Matweïna n'a-t-elle pas fait voir en fa perfonne une femme infiniment digne du fceptre & du diadême ?

Tout le monde convient que les aproches de la mort prefente font l'é-
cueil le plus formidable, contre lequel va fe brifer ordinairement la bravoure des cœurs les plus déterminez. L'hiftoire cependant nous fournit mille exemples de femmes qui ont fçû affron-
ter les genres de mort les plus affreux

C. 2

avec des yeux fecs & une intrépidité parfaite.

Avec quel courage, en effet, l'infortunée Sophonifbe avale-t-elle le poifon que Maffiniffa fon cruel époux lui envoye ? Avec quelle noble fierté la belle Cléopatre empoigne-t-elle le ferpen dont elle fe fait mordre le fein, & par le venin duquel elle expire fur le tombeau de fon mari ? Avec quel fang froid la femme d'Afdrubal fe précipitat-elle dans les flames, dont le feul afpect avoit effrayé le héros Cartaginois ?

La vertueufe Monyme ne reçoitelle pas le trépas de meilleure grace que le cruel Neron, ce monftre à qui cependant le fang & le carnage devoient être fi familiers ? Bachilides ordonne à Monyme de la part de Mitridates fon époux, de fe choifir un genre de mort. Auffi-tôt, fans balancer, elle fe paffe au cou fon bandeau Royal pour s'étrangler ; il caffe. Maudit tiffu, dit cette Reine courageufe, que ne me rendois-tu du moins ce trifte fervice ; enfuite, fans s'émouvoir, elle prefente fa tête au boureau.

Neron au contraire temporife, tergiverfe, cherche des refuites. Il effaye de fuite plufieurs poignards dont il eft muni, fans ofer en faire ufage. Il pleu-

Plut. vie de Lucullus.

te., il se plaint, il demande que quelqu'un de ses amis ait la courtoisie de se tuer, pour lui montrer l'exemple ; il faut enfin qu'un de ses affranchis lui aide à perir.

La chaste Lucrece se fait mourir peut-être un peu tard, peut-être se tuë-t-elle avec un peu trop d'aparat ; mais elle le fait aussi courageusement du moins que le grand Caton. Elle n'a pas besoin pour s'y déterminer de lire & relire le Traité de l'Immortalité de l'ame.

Après la perte de la bataille de Philippe & la mort de Pompée, Brutus desesperé ne peut se dérober à ses malheurs. Il aime mieux cesser d'être que de survivre à la ruïne de la République. Il prend donc le parti furieux de se tuër ; mais comment le fait-il ? C'est en blasphêmant contre la vertu & en se repentant de l'avoir suivie. Porcie son épouse au contraire entre tranquillement dans son cabinet ; elle y trouve des charbons allumez, elle les avale, & se fait perir ainsi, sans tant de façons. *Plut. vie de Brutus.*

Pétus prêt de tomber entre les mains de ses ennemis & d'être couvert d'oprobres, n'a pas la résolution de s'ôter la vie. Arie sa femme se perce le sein *Tacit. Dion.*

C 3

devant lui, & tirant paisiblement de sa
playe le poignard tout fumant; prens-
le, dit elle, mon cher Petus, il ne m'a
point fait de mal.

S'agit-il des sciences ? Le peu d'ouvrages que les femmes ont mis sous la
presse nous force d'avoüer, si nous ne
nous laissons pas aveugler par la prévention, que leur esprit est pour le
moins aussi penetrant, leur imagina-
tion aussi vive, leurs expressions aussi
propres, aussi heureuses, aussi énergi-
ques, que celles des hommes. Une
Mademoiselle Scudéri, une Madame
de Ville-Dieu, une Madame de la Suze,
une Madame des Houllieres, une Madame des Noyers, &c. seront mes cau-
tions.

Madame Périés n'a-t-elle pas excel-
lemment écrit la vie de Monsieur Pas-
chal son frere ? La Reine Elisabeth,
dont nous parlions tantôt, ne traduisit-
elle pas avec succès des Tragédies de
Sophocles & des harangues d'Isocrates ?
Madame Desloges dans le dix-septiéme
siecle, ne fut-elle pas une femme très-
sçavante ? Quels éloges Malherbe &
Balzac, si bons connoisseurs & si diffi-
ciles à satisfaire sur cet article, ne lui
donnent-ils pas dans leurs Lettres ? L'é-
pouse de Budé ne lui servit-elle pas

Marie
Bruneau

d'un bon fecond dans la compofition
de fes ouvrages. Mr Defcartes n'avoit-
il pas une confiance particuliere aux
lumieres de Conftance Luygens ? Ne
lui demandoit-il pas volontiers , & même avec déference , ce qu'elle penfoit
fur les nouvelles idées de Philofophie
qu'il vouloit mettre au jour? Ne voyons-
nous pas dans l'hiftoire qu'une Françoi-
fe de la Baume-Montreüil en 1570. *Femme*
poffedoit fi parfaitement l'Ecriture Sain- *du Maré-*
te , qu'elle eut la gloire de convertir un *chal de Tavannes.*
fameux Rabin , après l'avoir convaincu
dans une difpute réglée ?

Anne Marie de Schurman parloit *Née à*
Latin , Grec , Hebreu , Syriaque , *Utrecht l'an 1607.*
Caldaïque , Italien , Efpagnol , &
François , auffi facilement , & auffi-
bien que le Hollandois qui étoit fa langue maternelle. Une fœur de Robert
Etienne aprit le Latin , feulement à
l'entendre parler. Que dirons-nous de
la fameufe Sapho ? Chacun fçait qu'en *Cicero in Verrem.*
faveur de fon éloquence on lui érigea
une belle ftatuë dans le Prytanée de Sy-
racufe , & que les Myteniens , pour la
même raifon , firent graver fon portrait
fur leur monnoye. Que dirons-nous de
la fçavante Paule Malatête , dont tous
les Auteurs contemporains ont tant
vanté l'érudition ? Que dirons-nous

C 4

enfin de la mere du fameux Janus Gruterus, *De la signora Marguerita Costa*, & de tant d'autres dont les Sçavans ont publié de longs Catalogues ? C'est donc avec justice qu'un bel esprit de nos jours a conclu que la plûpart du tems, pour être doctes, il ne manque aux femmes que d'avoir jetté les yeux sur des Livres ; ce qui sûrement doit être regardé comme la moindre partie du Sçavant.

Est-il question de prudence, de souplesse, de politique, de discretion, dans le maniement des affaires les plus épineuses ? Ces qualitez ne sont point au-dessus de la portée du sexe féminin.

Maréchale de Guébriant. N'a-t-on pas vû la France choisir une Renée du Bec pour son Ambassadrice extraordinaire en Pologne ? Il n'est pas à présumer qu'un aussi grand Ministre qu'étoit le Cardinal Mazarin, eût chargé cette Dame d'un emploi si délicat, & qui demande des talens si étendus & si variez, s'il ne l'avoit jugé capable de faire honneur à son Maître, & de bien soutenir le poids de ce grand caractere. Aussi nos Historiens, entr'autres Monsieur le Laboureur, nous assûrent qu'elle s'en aquita avec toute la dignité possible.

Eh, si le sexe féminin est incapable

do traiter les matieres sérieuses, comme ses critiques l'avancent sans fondement, à quoi pensoient nos ancêtres (ces anciens Gaulois, dont la sagesse fut tant vantée) à quoi pensoient-ils, dis-je, de confier l'administration de la justice à leurs femmes ? A quoi pensoient les Druïdes, ces Philosophes si respectables, que Polyhistor, Diogene-Laërce, S. Clement & S. Cyrille d'Alexandrie, mettent en parallele avec les Mages des Perses, les Caldéens de Babylone & d'Assyrie, les Gymnosophistes & les Bracmanes des Indes ? A quoi pensoient encore une fois ces Sages si réverés, de donner le Gouvernement de la Religion aux Druïdesses ? Or, c'est une verité dont plusieurs monumens antiques ne permettent pas de douter. Je me contente de raporter cette Inscription de Metz, dont parle Gruter : P. 62, 19.

SILVANO
SACR.
ET NYMPHIS. LOGI.
APETE DRUISS.
ANTISTITA
SOMNO MONITA.

Pour détruire toutes les raisons que nous venons d'alleguer, & tourner le

beau Sexe en ridicule, suffit-il donc
qu'un Poëte railleur & cauſtique s'en
vienne nous dire d'un ton goguenard ?

> Parler de rubans, de dentelle,
> Sur les modes donner dés Arrêts déciſifs ;
> Chercher à tourner la cervelle
> De jeunes ſoupirans oiſifs.
> Aimer peu, cependant vouloir paroître belle,
> Pour faire dé nouveaux captifs.
> N'avoir de vrai panchant que pour la bagatelle,
> Pour le moindre bobo pouſſer des ſons plaintifs.
> Se plaire à compter la nouvelle,
> Soit qu'elle ſoit fauſſe, ou réelle.
> Avoir pour un amant des yeux tendres & vifs ;
> Garder à ſon époux les airs rébarbatifs,
> Pour lui ſeul joüer la cruelle ;
> Voilà communément les traits les plus naïfs
> Du petit animal que la femme on apelle.

Non, non, les femmes ne ſont point
auſſi ſuperficielles, elles ne ſont point
auſſi inutiles à la République, que ces
mauvais plaiſans nous le diſent. Loin
d'être iſolées au Gouvernement, ainſi
qu'on voudroit les repreſenter, il eſt
peu de révolutions auſquelles ce Sexe
n'ait beaucoup de part, en matiere de
Religion ſur tout. Si la femme de Lici-
nius, celle de Conſtantius & celles de
Valens contribuerent infiniment à éta-
blir l'Arianiſme en Orient, ; Clotilde
femme de Clovis, Indegonde femme
de S. Herméhegilde, Theodelinde fem-
d'Agilulphe, ſanctifierent l'Occident,

*Maimb.
Hiſt. du
Pont. de S.
Greg.*

en proscrivant le Paganisme de France, en extirpant l'Arianisme dans l'Espagne & dans l'Italie; en portant au culte du vrai Dieu les Visigots & les Lombards.

S. Gregoire le Grand entreprend la *Mainb.* conversion de l'Angleterre. Pour cela *ibid.* il y fait passer une nombreuse mission de saints Religieux, sous la conduite d'Augustin leur Abbé. D'abord leurs travaux apostoliques n'eurent pas grand succès. Ils y trouverent des obstacles qui paroissoient insurmontables. Mais *Elle étoit* Aldeberge, ou Berthe, femme d'Ethel- *fille de* rede qui pour lors regnoit en Angle- *Charibert Roy de* terre, ayant pris la nouvelle mission *France.* sous sa protection royale; cette genereuse Princesse employant utilement, pour la propagation de la vraye foi, & le pouvoir de ses attraits & les charmes de son éloquence, tout fit joug à son pieux dessein. Le Roi son mari d'abord embrasse le Christianisme; & bientôt ses sujets, à son exemple, arborent à l'envie dans toute cette grande Isle l'Etendard de la Croix de Jesus-Christ.

Si l'on jette les yeux sur les guerres intestines, qui depuis quelques années agitent malheureusement l'Eglise, trouvera-t-on que les femmes, ensevelies comme on le pretend dans la molesse & l'indolence, se soient montrées insensi-

bles à ces tempêtes théologiques ? Non
sans doute. Je sçai qu'un railleur a dit
qu'en cette occasion elles ont fait peu
de besogne & les trois quarts du bruit ;
mais, ce vacarme enfin, s'il n'a pas
porté son coup, du moins a-t-il fait
connoître que ce sexe ne nage pas toujours dans la bagatelle ; qu'il ne voit
point d'un œil indifférent, & qu'il ne
peut même rester oisif au milieu d'une
dispute sérieuse & intéressante.

Les Empires semblent-ils près de
leur ruïne, par les ravages de la guerre ? Un mariage y rétablit la tranqui-
lité ; une Princesse est le nœud de la
paix. Avec elle arrivent les plaisirs, le
repos & l'abondance. Souvent cette
Princesse est une victime immolée aux
interêts de l'Etat, j'en conviens ; mais
elle n'en est pas moins la source pré-
cieuse du bonheur public.

Ouvrez les Saintes Ecritures, vous y
verrez les Esther, les Judith, les Dé-
bora préconisées, comme les Libératri-
ces de leur Patrie. Parcourez les histoi-
res profanes, vous y verrez une Vétu-
rie & une Volumnie désarmer le furieux
Coriolan & l'empêcher d'ensevelir Rome sous les débris de ses murs naissans.
Vous y verrez une Argienne d'une main
nerveuse terrasser l'inquiet Pyrrhus, qui

voltigeant de conquête en conquête, avoit formé le siege d'Argos.

Vous y verrez une Jeanne d'Arque rassurer la France, que les armes victorieuses de l'Anglois avoient consternée, & rétablir Charles VII. sur son trône. Vous y verrez une Princesse d'Epinoy, en l'absence de son mari, soutenir pendant deux mois entiers un siege meurtrier; donner des ordres en grand Capitaine, & combattre en soldat déterminé. Je laisse une infinité d'exemples dont l'histoire de chaque nation est remplie, qui démontrent que dans tous les siecles il se trouve des femmes, qui, dans tout genre, peuvent égaler les plus grands hommes; & que par conséquent, c'est faire une injustice criante à ce sexe, de vouloir le reléguer pour toujours à sa toilette; & de lui donner pour toutes armes, une quenoüille & un fuseau.

On insiste, & on dit, la foiblesse naturelle des femmes nous prouve que la nature ne les a pas destinées à des occupations considérables.

Et moi je suis persuadé que l'éducation & l'habitude contribuent infiniment à cette foible délicatesse dont on accuse ce beau sexe. Pour preuve de mon sentiment, je pourois citer le témoigna- *Piarre de Cieca de Leon*

ge d'un Auteur Espagnol, qui nous affure que dans le païs de Guitto, au Pé-
rou, les femmes labourent la terre, &
qu'elles ont foin des moiffons, pendant
que les hommes s'occupent à filer & à
conduire le ménage ; mais fans nous ar-
rêter aux voyageurs, qui font foupçon-
nez de chercher fouvent à en impofer,
ne voyons-nous pas dans ce Royaume
des femmes de la campagne affronter
les ardeurs de la faifon la plus brûlante
dans des travaux très-penibles ?

Quantité d'hiftoriens ont avancé
qu'autrefois chez les Tibareniens, chez
les Tartares, dans l'Ifle de Corfe, dès
qu'une femme avoit mis fon enfant au
monde, elle fe levoit, fon mari fe cou-
choit en fa place, & faifoit la commere.
Ne faloit-il point de la force de com-
plexion dans ces femmes ?

Ici je ne puis paffer fous filence un
petit trait d'hiftoire qui m'a paru fingu-
Elle étoit femme d'Antoine de Bombon Duc de Vendôme. lier en ce genre. Jeanne fille de Henri
d'Albret, Roi de Navare, & de Mar-
guerite de Valois, faifant fes couches à
Pau, fon pere lui promit de lui mettre
fon teftament aux mains dès qu'elle fe-
roit accouchée, à condition que dans
l'enfantement elle lui chanteroit une
chanfon, afin de ne lui pas donner un
enfant pleureux & de mauvaife humeur.

Elle le lui promit , & malgré les grandes douleurs , elle lui tint parole ; car
son pere étant entré dans son aparte-
ment au moment de la grande crise ,
elle lui chanta dans son langage Béar-
nois , *Noté done deon cap deou pon
adiouda mi en aqueste houre.* Quel est
l'homme qui dans les douleurs aiguës
d'une goute cruelle auroit la résolution
& la force de chanter un air à boire ou
le moindre Vaudeville ?

Enfin , voici la grande objection
qu'on fait très-ordinairement contre
le sexe en general. Les femmes , dit-on ,
connoissent le panchant naturel que les
hommes ont pour elles. Ces enchante-
resses en abusent & mettent tout en
œuvre pour perdre leurs adorateurs. Elles n'oublient rien de ce qui peut les
séduire. Elles joignent malicieusement
aux graces naturelles toutes les super-
cheries de l'art pour se faire idolâtrer.
Les charmes de la voix , la legereté de
la danse , la magnificence des parures ,
l'usage trompeur & recherché des attraits postiches , la démarche , les si-
gnaux , les gestes, les minauderies ; rien
n'est épargné pour faire tomber les hommes , sur-tout les jeunes gens, dans leurs
filets. De-là mille malheurs. De-là l'en-
gourdissement de cette jeunesse qui

languiſſant dans les bras de la volupté, reſte inutile à ſa patrie. De-là la ruine de tant de familles. De-là les procès, les haines inveterées, les vengeances cruelles, les guerres ſanglantes. De-là les révolutions des plus grands Etats même. De-là les meurtres, les aſſaſſinats, les crimes les plus atroces. C'eſt ce ſexe & non pas Borée, que les Poëtes devoient nommer l'artiſan des tempêtes & des naufrages du genre humain.

Il y a du vrai & du faux dans cette objection. Tâchons de démêler la verité d'avec le ſophiſme.

Je conviens que dans la theſe generale, les hommes ont un panchant naturel pour le beau ſexe. Panchant fondé ſur la volonté du Créateur, qui tirant Eve du néant, pour ſervir d'aide au premier homme, voulut ſans doute qu'il l'aimât comme ſa chere compagne. Panchant que le Sauveur du monde aprouve, & qu'il recommande même dans la Loi de grace, puiſqu'il ordonne au mari de quitter ſon pere & ſa mere, pour s'attacher à ſon épouſe; mais panchant qui par une ſuite malheureuſe du premier peché, étant trop ſouvent exceſſif & déréglé, eſt la ſource empoiſonnée d'une infinité d'ordures & d'infamies.

Je

Je conviens encore qu'il eſt aſſez ordinaire aux femmes de chercher à plaire
aux hommes, & de mettre pour cette fin
les graces qu'elles ont reçuës de la nature dans tout leur jour. Je conviens même que ce ſexe, que ſaint Jerôme apelle *Ep. al
Philocoſmon*, curieux de parures, *Gaudent.*
pouſſe quelquefois trop lôin ce goût naturel qu'il a pour les ajuſtemens & pour
les modes; que c'eſt chez lui un défaut
ſouvent condamnable; qu'il lui ſert
quelquefois de premier degré pour arriver au crime. *Imperfectiſſimus mu-* *Ep. de
lierum affectus,* dit ce même Pere, *Virg. ſer-
ſemper in veſtibus, ſemper in auro,* *vand.*
lapidibus, & ornamentis, extrinſe-
cus gloriam ponunt.

Je conviens enfin que la pante mu-
tuelle que les deux ſexes ont l'un pour
l'autre, a cauſé dans tous les tems &
cauſe encore trop ſouvent de nos jours
des maux ſans nombre, des calamitez
épouventables, des bouleverſemens
étranges. Mais pourquoi vouloir attri-
buer tous ces malheurs au ſeul ſexe feminin ? N'eſt-il pas viſible au contraire
que la corruption des hommes a la plus
grande part à ſes diſgraces tragiques? Ju-
geons-en ſans prévention.

Pour donner carriere à la deman-
geaiſon qu'on a de déclamer contre les

femmes , on remonte jusqu'à l'origine
du monde. N'est-il pas constant , dit-
on , qu'Eve à peine sortie du néant,
prouva de quelle fatalité son sexe étoit
à l'Univers. Séduite par les ruses du
serpent , elle livre un assaut criminel à
son mari. Elle lui exagere la beauté du
fruit défendu , elle le presse d'en manger.
Adam , par une cruelle complaisance
pour cette tentatrice , oublie la défense
de son Dieu ; il devient prévaricateur ;
il entraîne dans sa chûte les races fu-
tures ; il porte d'un seul coup le poignard dans le sein de ses descendans ;
il flétrit en un instant l'espece humaine
dans sa tige ; il plonge sa triste progéni-
ture dans des malheurs éternels & in-
nombrables.

Qu'il me soit permis de dire pour
toute réponse , que loin que les hommes puissent s'enorgueillir de cette dé-
clamation , ils doivent au contraire
adorer ici en tremblant les abîmes pro-
fonds & impénétrables de la sagesse de
Dieu. Loin de perdre le tems à exami-
ner lequel de nos premiers parens a
été le plus coupable , nous devons ver-
ser des larmes sur leur desobéissance
commune & sur les funestes suites qui
en ont passé jusqu'à nous. Tous deux
ont été très-criminels , puisque tous

deux ont été si severement condamnez
par la justice du Créateur. Que nous
reste-t-il à discuter aprés son Arrêt fou-
droyant ?

On prétend encore rejetter sur le
sexe féminin le premier meurtre qui
s'est fait sur la terre ; & voici comme
quelques-uns s'y prennent pour réüssir.

Eutichius, Patriarche d'Alexandrie, *De la tra-*
dit dans ses Annales qu'Eve enfanta *duction de*
avec Caïn une belle fille nommée *Bocockiuss.*
Azrun ; qu'ensuite elle mit au monde
avec Abel une autre fille beaucoup
moins belle que la premiere, nommée
Owaïn. Adam ne voulant pas que ses
fils épousassent leurs sœurs jumelles ;
destina Owaïn à son aîné, & Azrun
à son cadet. Ce partage ne fut point du
goût de Caïn ; épris des beaux yeux
d'Azrun, il voulut l'avoir pour femme.
Qu'arrive-t-il, dit l'Analiste ? Adam
ordonne aux deux freres, avant que
d'épouser, d'aller presenter à Dieu chacun leur oblation sur une montagne,
voulant que le succès de leurs Sacrifi-
ces décidât leur different. Alors Sathan *Lottingeri*
inspira secretement à Caïn de se dé- *histor.*
faire d'Abel, pour pouvoir posseder sû- *Orient.*
rement la belle Azrun. Ce dessein criminel fit que Dieu rejetta son offran-

de. Caïn transporté de fureur , voyant
son frere préféré , l'attaque au bas de la
Montagne , il le tuë d'un coup de pier-
re ; il épouse Azrun ; il l'emmene dans
son exil.

Il est donc visible , conclut-on ,
qu'une femme fut la premiere cause de
ce que la terre rougit du sang humain ;
& le Poëte a eu par conséquent raison
Flor. S. 3. de dire que dès les premiers tems ce
sexe a été le mobile des plus cruelles
guerres.

Je répons que quand cette tradition
seroit aussi constante qu'elle est fabu-
leuse , elle ne pouroit rien conclure au
desavantage du sexe féminin. Car enfin
la beauté étoit-elle un crime chez
Azrun ? En est-elle un chez les femmes en general ? C'est au contraire un
don de la Providence. C'est une preuve
de sa sagesse & de sa liberalité à notre
égard. Le Créateur a donné à ce sexe
tout ce qu'il faut pour plaire aux hommes , dans la vuë de perpetuer leur espece , & non pas de la détruire par des
meurtres & des assassinats.

Pour pouvoir imputer à la beauté
des femmes les malheurs qui n'arrivent
que trop souvent à leur occasion , il
faudroit qu'elles y eussent contribué ,
qu'elles s'y fussent portées de leur pro-

pre mouvement. Or, il n'eſt rien plus
ordinaire que de voir des hommes ſe
perdre & cauſer les plus affreuſes révolutions, pour de belles femmes, qui ne
penſoient point du tout à les ſéduire.
Les hiſtoires ſacrées & profanes ſont
remplies de preuves éclatantes de la verité que j'avance.

Dira-t-on, par exemple, que Lucrece a ſéduit Sextus, qu'elle a cauſé
la ruïne des Tarquins & la mort de
tant de Romains qui périrent, ſoit dans
le parti Royal, ſoit dans le Républicain.

Dira-t-on même qu'Helene, à pro-
prement parler, ait été la cauſe de tant
de ſang verſé dans les campagnes de
Troye ? N'eſt-il pas évident au contraire que le voluptueux Paris fût auteur de tout ce carnage ? Il aprend que
Menelas eſt époux de la plus belle femme de toute la Grece ; il n'en faut pas
davantage pour déterminer cet étour-
di à quitter ſa chere Ænone, à traver-
ſer les mers, & à s'en aller par une
énorme perfidie, ſous prétexte de bien-
veillance & de politeſſe pour le bon
Menelas, enlever ſon épouſe au milieu
même de ſon Palais.

Eſt-ce à la vertueuſe Virginie ou à
la brutalité d'Appius qu'on doit attri-
buer le carnage que cauſa dans Rome

l'incontinence feroce de ce Decem-vir.

Dira-t-on que Blanche de Castille, mere de Saint Loüis, fût cause de toutes les disgraces & de toutes les extravagances dont la vie de Thibaut Comte de Champagne fut mêlée, à l'occasion de son fol amour pour cette pieuse Reine?

Dira-t-on enfin que la chaste Susanne fût cause de la perte de ces deux infames Vieillards qui chercherent à la corrompre? N'est-ce pas une loi generalement établie, qu'en tous genres de crimés l'agresseur est le plus coupable, & qu'il l'est seul même, lorsque celui qu'il sollicite à la complicité se refuse à ses suggestions & à ses poursuites.

Les hommes ont-ils donc bonne grace d'insulter à la foiblesse d'un Sexe qu'ils cherchent continuellement à séduire par les voyes les plus captieuses, & par les artifices les plus imposans? C'est ainsi que Mundus osa prendre la figure du Dieu Anubis, pour surprendre la vertu de la belle Pauline. C'est ainsi qu'un Capitaine Athenien sous la forme du Fleuve Scamandre eut l'audace de triompher de la crédulité de Callirhée.

Est-il quelque barriere assez respectable pour pouvoir mettre les femmes à couvert des entreprises de leurs railleurs incontinens? N'a-t-on pas vu cent fois les Romains (qui d'ailleurs faisoient oſtentation de leur vertu, de leur probité, de leur reſpect pour leurs Dieux) ne les a-t-on pas vu aller impudemment attaquer la chaſteté des Veſtales juſques dans le ſanctuaire de la Déeſſe ?

Ne pourions-nous donc pas dire à ces ſéducteurs déterminés à critiquer les femmes après les avoir trompées, vous êtes les auteurs de leurs deſordres.

Quid ergo has conſtrictâ ſpectatis fronte Catones ?

Ce Sexe ne pouroit-il pas leur adreſſer ce reproche, avec plus de juſtice encore que Rolland ne l'adreſſoit à la belle Angelique : " Puiſque vous cau-,, ſez notre foibleſſe, que n'êtes-vous ,, plus indulgens à notre égard ? Com-,, ment avez-vous le front de nous ,, faire un crime des extravagances que ,, vous nous forcés de faire ?

Quelqu'un me dira peut-être, ces reproches pouroient être ſuportables dans la bouche de certaines femmes, leſquelles ſenſibles aux loix de l'honnêteté & de la pudeur, font acheter leur défaite par de longs ſervices, par de grandes aſſiduités, qui ne ſe rendent enfin qu'à une importunité opiniâtre, à une perſeverance obſtinée ; mais il

en est beaucoup qui n'y regardent pas
de si près ; & qui, pour abreger le Roman, loin de se tenir fermes sur la dé-
fensive, prendroient volontiers le parti
d'attaquer les hommes.

Je répons, que s'il est des monstres
de cette espece, ce sont des femmes
absolument corrompuës, des libertines
déclarées. Or, qui les a corrompuës
d'abord, sinon les hommes ? *Nemo re-
pentè fit turpissimus.* Mais les connois-
sant de cette espece, pourquoi, furieux,
s'entr'égorgent-ils pour des objets qui
meritent si peu leur attachement ; di-
gnes au contraire de mépris & d'exé-
cration ?

N'est-il pas étonnant qu'à la seule
réputation d'une belle Courtisane, le
savant Demosthene fasse banqueroute
à toute sa Rhetorique ; qu'il se dé-
robe secrétement à sa chere Patrie,
qu'il s'en aille à Corinthe comme un
bandis & un écervelé, pour grossir
le nombre des esclaves de cette malheureuse ? Il s'en revient bredouille,
il est vrai ; & après avoir lâché un dict
que les siécles suivans ont admiré comme très-sententieux & très-beau ; mais
pour moi je n'y trouve rien de si mer-
veilleux. Car il est clair comme le jour
que le seul taux * ou Laïs mit ses fa-

veurs,

Aul. Gell.
noct. att.
L. 1. c. 8.

* Prix de
4000 liv.
de notre
monnoye.

eurs, & non pas la vertu, fît rentrer en
lui-même l'Orateur Athenien. Il est
presqu'indubitable que s'il eût trouvé
chez la fille d'Alcibiade * le gratis, dont
on dit qu'elle favorisoit Diogene le Cini-
que ; ou qu'il eût eu les facultés du Phi-
losophe Aristipe, il n'eût pas été plus
continent qu'eux.

* De Ti-
mant & sa
concubine.

N'est-il pas du dernier ridicule que
deux grands Monarques deviennent les
complaisans & les adorateurs d'une mi-
serable coureuse d'armées, d'une
joüeuse de flûte, infame par la publici-
té de ses débauches ? C'est cependant
ce que fit, sans rougir, Ptolomée premier du nom, Roy d'Egypte, en faveur
de Lamie ; & après lui Demetrius Po-
liorcetes. Le dernier sur-tout en fut si
entêté, que les Atheniens, pour faire
leur cour à ce Prince, pousserent la
folie & l'impieté, jusqu'à dresser un
Temple à cette malheureuse, sous le
nom de *Venus Lamie.* Les Thebains,
à leur exemple, tomberent dans la même abomination.

Fille de
Cleanor
Athenien.

Plutarc. in
Demet. 10.

N'est-il pas honteux enfin, qu'un
Sénat vanté par-tout pour sa sagesse, ses
lumieres & sa gravité (je parle de l'A-
réopage) après avoir résisté aux tours
d'éloquence d'Hypperides, Avocat de
Phriné, se laisse d'abord subjuguer par

Plutarque
Vie des dix
Orateurs.

le feul afpect de cette proftituée, fi digne de mépris, malgré tous fes charmes?
Eft-ce là l'homme en bonne foi ? Eft-ce
là ce dénonciateur, ce critique fevere
du beau fexe? Eft-ce là cet être doüé de
raifon, cet être établi pour commander
à tous les animaux vivans ? De tout ce-
ci, je conclus,

Premierement, qu'une femme fage &
raifonnable, mérite l'eftime, la confide-
ration, le refpect même de tous les hon-
nêtes gens. Elle eft, dit Euripide, une
douce confolation à fon mari, dans fes
adverfitez & dans fes maladies. C'eft un
modele cheri qui conduit agréablement
à la vertu ceux qui ont le bonheur de
l'aprocher. C'eft un bon confeil dans les
occafions délicates. Si Céfar avoit prêté
l'oreille aux avis falutaires de Calpurnie,
il n'auroit point été poignardé. Si Pilate
avoit fuivi le fentiment de fa femme, il
n'auroit point commis le plus horrible
des facrileges.

Je conclus fecondement, qu'une
femme fans honneur eft une pefte pu-
blique ; pefte d'autant plus dangereu-
fe, que cette femme aura plus reçu de
graces de la nature. Son commerce eft
toujours empoifonné ; tous fes pas con-
duifent à l'abîme. Les yeux du Bafilic,
la morfure du Serpent, le venin le plus

mortel font moins à redouter qu'elle.
Les perfonnes de cette efpece font des
hydres fatales, contre lefquelles la vigi-
lance & l'exactitude des Magiftrats ne
fauroient trop févir.

Je conclus enfin que les deux Sexes
ayant été pêtris du même limon, & fe
trouvant malheureufement fujets aux
mêmes foibleffes, ils doivent, loin de
chercher à s'infulter, ou à fe féduire,
refpecter fur le front l'un de l'autre
l'impreffion du doigt du Créateur. Ils
doivent travailler attentivement & fans
relâche, à fe tenir dans les bornes qu'il
a bien voulu leur prefcrire, & fur lefquelles il ne manque pas de répandre fa
benediction. Ils doivent fe tenir continuellement fur leurs gardes à la vuë de
leur corruption commune.

Qu'ils fe fouviennent que les defor-
dres qui naiffent ordinairement de la
frequentation inconfiderée des deux
Sexes ne font point du tout de la nature
de ceux qu'on peut vaincre en les atta-
quant, en les prévenant, en faifant des
irruptions fur leurs terres. Dans cette
efpece de guerre, les braves ordinairement fuccombent, & les poltrons rem-
portent la victoire. Il eft conftant même qu'en ces occafions les moindres
bagatelles ne font pas à négliger. Tout

est à craindre ; & c'est ici sur-tout qu'on doit apliquer le dict du Sage : *Qui sper-nit modica paulatim decidet.*

S. Jordan un jour reprenoit severe-ment un Religieux, pour avoir seule-ment touché la main d'une femme ; mais, c'est une femme devote, dit ce Religieux. Il n'importe, replique saint Jordan ; car la terre est bonne en soi, l'eau est bonne en soi ; cependant si ces deux élemens viennent à se mélanger le moins du monde, il ne peut en ré-sulter que de la boüe. Quel parti pren-dre donc à la vuë des occasions dange-reuses, & des commerces équivoques ? Celui seul que le grand Docteur de la Grace nous enseigne : c'est la fuite. C'est le moyen unique de se dérober au nau-frage : *Contra libidinis impetum,* dit ce Pere, *apprehende fugam, si vis obtinere victoriam. Nec tibi verecun-dum sit fugere, si castitatis palmam desideras obtinere.* En un mot :

Tu fugiendo fuga quem fuga sola fugas.

F I N.

VU & permis d'imprimer. A Roüen ce 5 Mai 1719. Signé, D'HOUPPEVILLE.

(marginal notes) D. Anto-nin. 3. part. cit.

D. Aug. Serm. 250 de temp.

41